FICHE DE LECTURE

Document rédigé par Camille Prévost
maitre en littératures françaises
(Université Paris IV – Sorbonne)

Le Livre de ma mère

Albert Cohen

lePetitLittéraire.fr

Albert Cohen
Écrivain suisse

- **Né en 1895 à Corfou**
- **Décédé en 1981 à Genève**
- **Quelques-unes de ses œuvres :**

  Paroles juives (1921), poèmes

  Le Livre de ma mère (1954), roman

  Belle du Seigneur (1968), roman

Écrivain suisse de langue française, Albert Cohen (1895-1981) est un des grands auteurs du XXe siècle. Ce fils de commerçants juifs a commencé une carrière de haut fonctionnaire à la Société des Nations en 1925, puis a rejoint le général de Gaulle à Londres dès le début de la Seconde Guerre mondiale.

Albert Cohen est consacré en 1968 pour son roman *Belle du Seigneur* (grand prix du roman de l'Académie française), récit d'une passion amoureuse, mais aussi satire féroce des fonctionnaires.

Le Livre de ma mère
Quand un auteur met à nu ses sentiments et ses regrets

- **Genre :** roman
- **Édition de référence :** *Le Livre de ma mère*, Paris, Gallimard, coll. « Folio », 1974, 174 p.
- **1re édition :** 1954
- **Thématiques :** amour maternel, deuil, enfance, souvenir, solitude, absurdité

Quelques mois après la mort de sa mère en 1943, Albert Cohen publie *Chant de mort* dans le mensuel *France libre* à Londres. Ce texte constitue la première ébauche du *Livre de ma mère* qui parait en 1954.

Largement autobiographique, cet émouvant portrait d'une mère fait le récit de l'enfance de l'auteur à Marseille, ainsi que des visites estivales de sa mère à Genève, où il était en poste. Au fil des souvenirs se dévoile l'amour entier d'un fils dévoré par le remords d'avoir eu honte de sa mère, mais aussi par la douleur de la perte et l'obsession de la finitude humaine.

RÉSUMÉ

L'écrivain, seul dans sa maison, assis à sa table de travail, convoque sa plume pour faire apparaitre sa mère, qui vient de mourir. Grâce au discours direct, il fait revivre la parole de celle-ci. Il se souvient de l'amour incomparable d'une mère qui s'est pliée à tous ses caprices. Elle était bien la seule personne qui l'aimait inconditionnellement.

Sa perte l'a plongé dans une profonde tristesse et, souvent, il implore Dieu de la lui rendre. Peu à peu, cette perte devient obsédante et il se rend compte que cela le ramène à sa propre finitude. Il imagine sa mort et éprouve de la culpabilité d'être encore en vie. Puis il réfléchit à l'absurdité de la condition humaine : sa mère est née pour mourir, comme tous les hommes. Il interroge alors Dieu pour trouver un sens à l'existence et de l'espoir. Il se demande s'il existe une vie après la mort pour sa mère. Mais cela n'est pas possible selon lui : elle est simplement morte et est désormais sous terre.

Il se plonge ensuite dans ses souvenirs et se rappelle que, suite à un pogrom (soulèvement violent, allant souvent jusqu'au massacre, organisé contre une communauté juive), sa famille a dû fuir Corfou pour s'installer à Marseille où elle ne connait personne et où elle se sent seule. Non sans difficulté, le père trouve un travail et le narrateur est scolarisé chez les sœurs catholiques avant d'aller au lycée à l'âge de dix ans, lorsque la situation financière de la famille s'améliore. Le fils et sa mère sont isolés. Le dimanche, ils partent se promener à la mer et discutent, seuls, attablés à la terrasse d'un café.

Quelques années plus tard, le narrateur s'inscrit à l'université de Genève. Sa mère, restée seule à Marseille, souffre de cet éloignement. Néanmoins, chaque été, elle passe des vacances chez son fils. C'est l'occasion pour l'auteur de décrire quelques caractéristiques du personnage : inclinée à grossir, elle se persuade et cherche à être persuadée que son régime fonctionne alors qu'elle n'arrive pas à le suivre ; fée du logis, elle se croit organisée alors qu'elle ne l'est pas.

À chaque fois que sonne le retour pour Marseille, la mère du narrateur est triste, tandis que son fils se montre indifférent. Le narrateur se réconforte en pensant que sa mort est une bonne chose : sa mère ne souffrira plus d'être seule et d'être juive, et elle ne verra pas son fils mourir.

Le narrateur éprouve un sentiment de culpabilité : un soir, alors qu'il se faisait tard et qu'il n'était toujours pas rentré, sa mère, inquiète, avait appelé la comtesse chez qui il dinait. Il le lui avait durement reproché. Il se souvient aussi d'un après-midi où, parce qu'il était en compagnie d'une amante, il l'avait fait attendre pendant trois heures dans un square. Il regrette aujourd'hui ses propos injustes, de ne pas l'avoir présentée aux cercles qu'il fréquentait à Genève, de ne pas lui avoir écrit plus souvent et, surtout, d'avoir oublié qu'elle était mortelle. Il imagine alors une vie entière qui lui serait dédiée et où il l'accompagnerait toujours. Il se rend ensuite à l'évidence : cette existence aurait été impossible. Il est hélas dans la nature des choses qu'un fils soit ingrat.

Le narrateur voit sa mère en rêve. Cette apparition ne le satisfait pas car sa mère morte ne l'aime pas autant que lorsqu'elle était vivante. On comprend alors la dimension charnelle de l'amour maternel. Dans ces rêves se dessine le contexte historique de la Seconde Guerre mondiale, ainsi que les humiliations infligées aux juifs.

L'auteur, isolé, revient sur l'écriture du livre. Le récit est terminé, il doit faire face à la solitude de la vie sans sa mère, qu'il a tenté de ranimer par l'écriture. Il interpelle ensuite le lecteur. Il somme les fils d'aimer leur mère et de ne pas oublier qu'elles sont mortelles. La vie commence à reprendre son cours, avec cette mort qui marche aux côtés de l'auteur.

Des années après l'écriture du livre, l'auteur a recommencé à rire. Il sait pourtant aujourd'hui que la mort l'attend.

ÉTUDE DES PERSONNAGES

Le Livre de ma mère est un roman fermé sur la relation exclusive d'un fils et de sa mère. Le narrateur et sa mère sont donc les personnages principaux du livre. On compte également, parmi les personnages, le père, objet de l'amour maternel, qui permet à Albert Cohen de mettre en relief l'amour que lui portait sa mère, ainsi que les amantes du narrateur, pendants altérés de l'absolu amour maternel.

LA MÈRE

Personnage central du récit, la mère du narrateur est arrivée à Marseille avec son époux et son jeune fils, après avoir fui Corfou. Juive isolée socialement, elle reporte toute son attention sur son mari et surtout sur son fils à qui elle se dévoue entièrement.

LE NARRATEUR

Image fidèle de l'auteur, le narrateur raconte son enfance à Marseille auprès de sa mère, ainsi que sa carrière de diplomate à Genève. Revenant incessamment sur la situation d'énonciation, le narrateur adulte exprime la douleur que lui cause le décès de sa mère et l'obsession de la mort qui en découle.

CLÉS DE LECTURE

UN RÉCIT AUTOBIOGRAPHIQUE

Écrit à la suite de la mort de la mère d'Albert Cohen, *Le Livre de ma mère* est un récit autobiographique. La figure du narrateur reflète celle de l'auteur et lui permet de revenir sur son enfance tout en rendant hommage à sa mère. L'œuvre présente ainsi les principales caractéristiques du genre autobiographique :

- le narrateur est l'auteur. À la différence du roman, le récit autobiographique met en scène la figure de l'auteur. Ainsi, le récit du *Livre de ma mère* est pris en charge par un narrateur qui correspond à l'auteur. L'enfance marseillaise et la carrière de diplomate suisse du narrateur correspondent donc à celles d'Albert Cohen lui-même ;
- la situation d'énonciation est omniprésente. Le narrateur du récit revient sans cesse sur les circonstances dans lesquelles il écrit et sur le récit lui-même : « Soudain, devant ma table de travail » (p. 11). « Ce que je viens de raconter, c'est un souvenir du temps où ma mère était déjà vieille et où j'étais un adulte. » (p. 23) On peut ainsi distinguer deux « je » : le « je » du présent de l'écriture et le « je » du passé, qui correspond au narrateur enfant, puis adulte, dans sa relation avec sa mère ;
- le récit est guidé par le souvenir et l'émotion. Le récit du *Livre de ma mère* n'est pas chronologique. C'est la douleur du deuil et la culpabilité qui déterminent

l'écriture du texte : le remords du narrateur le pousse à raconter l'attente de trois heures qu'il a infligée à sa mère à Genève. Il relate aussi les habitudes de cette dernière, lorsqu'elle cuisinait par exemple, au fil des souvenirs qui lui reviennent. Le récit est construit sur des répétions qui en font un lancinant hommage à la mère aimée et perdue ;

- le contexte historique est discret. Si la chronologie n'est pas respectée, le contexte historique est également atténué. Le narrateur ne mentionne pas explicitement la Seconde Guerre mondiale bien que la mère d'Albert Cohen meure en 1943. On trouve cependant de nombreuses allusions au nazisme qui donnent du relief à la douleur de cette mère juive ainsi qu'à l'amour de son fils. Ainsi, en ouverture du récit, le narrateur dit vouloir s'éloigner des « méchants » et des « salauds », termes qui désignent bien sûr les nazis : « Qui sont les salauds ? Ce n'est pas moi qui vous le dirai. » (p. 9) De même, dans le rêve du narrateur, sa mère dit avoir « une étoile juive à faire coudre sur l'ours en peluche qu'elle avait acheté pour son petit garçon » (p. 113) ;
- on trouve une invocation synesthésique de l'enfance. Ce récit à la chronologie brouillée est aussi guidé par les sens. Un réseau de sensations propulse le lecteur dans une enfance idéalisée, présentée comme un tableau que fige à jamais la mort de la mère. « L'homme veut son enfance, veut la ravoir » (p. 33), écrit Albert Cohen : seules les sensations peuvent à présent le ramener à une enfance associée à la chaleur (« Maman de mon enfance auprès de qui je me sentais au chaud », p. 51) qui s'évanouit avec la mort de sa mère. Le monde du narrateur, lorsqu'il était encore un enfant protégé par sa mère,

est ainsi présent dans le récit grâce au registre de la vue, concentré sur des détails précis du passé : « Maman coiffée d'un canotier orné de cerises. » (p. 33) L'arrivée de la famille reste gravée dans la mémoire du narrateur, qui avait alors 5 ans, à travers le souvenir de ce canotier. De même, le narrateur se remémore les odeurs de son enfance (« ses tisanes », p. 51 ; « son odorante armoire aux piles de linge à la verveine », p. 51), ainsi que les sons familiers (« chansons de maman », p. 56). Toutes ces sensations envahissent le narrateur au point qu'il ne prend parfois même pas la peine de les expliquer, mais énumère les mots qui les évoquent tels quels, les uns à la suite des autres, séparés par des virgules : (« Ô mon enfance, gelée de coing, bougie rose, journaux illustrés du jeudi », p. 55-56). L'énumération accélère le rythme du récit, vient contrebalancer le temps immuable du paradis de l'enfance et lui opposer une mort qui s'approche à grand pas : « Les rives s'éloignent. Ma mort approche », écrit Albert Cohen (p. 56).

LE DEUIL DE L'AMOUR MATERNEL

À travers le récit du *Livre de ma mère* s'opère un véritable processus de deuil :

- le champ lexical de la douleur est omniprésent (« nos douleurs », p. 9 ; « pitié », p.11 ; « Je suis fou de mort », p. 134) ;
- le narrateur convoque le souvenir de la mère. L'écriture, personnifiée sous l'image d'une plume (« Somptueuse, toi, ma plume d'or, va sur la feuille », p. 10), permet d'abord d'animer le souvenir de la mère de l'auteur, par exemple lorsque ses propos sont rapportés au discours direct.

Aussi le narrateur déclare-t-il à la fin du livre : « Pendant que je l'écrivais, j'étais avec elle. » (p. 163) Stylistiquement, cette ambition se manifeste par l'usage de la répétition, mais aussi par les adresses directes à sa mère (« chaque fois que tu me voyais arriver au rendez-vous », p. 85) ;

- en se remémorant son enfance, le narrateur fait également le portrait de sa mère à la troisième personne du singulier avec une certaine distance ironique que crée la culpabilité d'avoir vu sa mère souffrir de son isolement social sans pouvoir rien y faire. « Je la revois se retenant presque de respirer tandis que le crétin médical gribouillait » (p. 55) : la visite du médecin était en effet la seule situation qui permettait à la mère du narrateur de sortir de sa solitude. Adulte, le narrateur revoit la figure de sa mère jeune qui ne lui apparait pas seulement comme une mère, mais aussi comme une enfant : « Je la revois charmée, émue, jeune fille. » (p. 53) ;
- le narrateur se heurte à l'impossibilité de faire revenir sa mère. L'écriture devient alors l'expression de la vanité de l'existence et la « musique du désespoir » du narrateur (p. 167), à l'image des rimes qu'il invente pour se distraire de la pensée de la mort qui vient le hanter ;
- le narrateur devient obsédé par la mort. Ne pouvant assister à l'enterrement de sa mère (à Marseille pendant la guerre, alors qu'Albert Cohen est à Londres), l'auteur imagine sa mère morte et enterrée. À l'impossibilité de faire revenir l'être aimé viennent se superposer le réalisme des images récurrentes du cadavre de la mère (« ma mère enfouie dans de la terre », p. 12 ; « Toute seule là-dessous, la pauvre innocente dont on s'est débarrassé dans de la terre », p. 31). Loin d'être un concept abstrait, la mort prend une véritable dimension charnelle.

L'ABSURDITÉ DE LA CONDITION HUMAINE

Le deuil se double dans le récit d'un sentiment d'injustice : il est absurde de vivre et de mourir. Pourtant, c'est le lot de la mère du narrateur, du narrateur lui-même (« Ma mort approche », p. 56), ainsi que de tous les hommes. Le deuil prend donc une valeur universelle.

Le narrateur s'adresse directement au lecteur pour souligner la portée universelle de son récit (« Ma mère était un génie de l'amour. Comme la tienne, toi qui me lis », p. 102), ainsi que pour convoquer une éventuelle solidarité humaine, qui porterait le nom d'amour. Si tous les hommes meurent et connaissent le deuil, ils souffrent cependant dans la solitude, comme l'annonce l'auteur dès la première phrase du livre : « Chaque homme est seul et tous se fichent de tous et nos douleurs sont une île déserte. » (p. 9)

Aussi le narrateur est-il tenté de se tourner vers Dieu pour trouver un espoir face à l'absurdité de la condition humaine. Mais la fin du *Livre de ma mère* est placée sous le signe de l'absence de Dieu que le narrateur interpelle sans cesse : « Tu es Dieu, prouve-le » (p. 119) ; « Dieu m'aime si peu que j'en ai honte pour lui ». (p. 121)

PISTES DE RÉFLEXION

QUELQUES QUESTIONS POUR APPROFONDIR SA RÉFLEXION…

- « Pleurer sa mère, c'est pleurer son enfance » (p. 33), écrit Albert Cohen. Commentez cette citation.
- Étudiez la métaphore du sommeil dans le récit. Comparez-le avec d'autres œuvres qui font appel à la même métaphore (poésie, peinture, etc.) ?
- Quelle est le rôle de l'écriture dans *Le Livre de ma mère* ? À quoi sert-elle ? Argumentez à l'aide de citations.
- Relevez les allusions à la Seconde Guerre mondiale dans l'ouvrage. Selon vous, pourquoi l'auteur a-t-il choisi de rester implicite à ce sujet ?
- Pourquoi la figure du père disparait-elle très rapidement au cours du récit ?
- À votre avis, *Le Livre de ma mère* est-il un récit lyrique ? Expliquez.
- Comment les amantes du narrateur sont-elles caractérisées dans le roman ? Comparez-les au portrait de la mère du narrateur.
- Selon vous, peut-on dire d'Albert Cohen qu'il est un écrivain humaniste ? Argumentez.

POUR ALLER PLUS LOIN

ÉDITION DE RÉFÉRENCE

- Cohen A., *Le Livre de ma mère*, Paris, Gallimard, coll. « Folio », 1974.

ÉTUDES DE RÉFÉRENCE

- Combe N., *Le Livre de ma mère*, Paris, Hatier, coll. « Profil d'une œuvre », 2005.
- Schaffner A., *Le Goût de l'absolu. L'enjeu sacré de la littérature dans l'œuvre d'Albert Cohen*, Paris, Honoré Champion, coll. « Littérature de notre siècle », 1999.

Gaudé
- La Mort du roi Tsongor
- Le Soleil des Scorta

Gautier
- La Morte amoureuse
- Le Capitaine Fracasse

Gavalda
- 35 kilos d'espoir

Gide
- Les Faux-Monnayeurs

Giono
- Le Grand Troupeau
- Le Hussard sur le toit

Giraudoux
- La guerre de Troie n'aura pas lieu

Golding
- Sa Majesté des Mouches

Grimbert
- Un secret

Hemingway
- Le Vieil Homme et la Mer

Hessel
- Indignez-vous !

Homère
- L'Odyssée

Hugo
- Le Dernier Jour d'un condamné
- Les Misérables
- Notre-Dame de Paris

Huxley
- Le Meilleur des mondes

Ionesco
- Rhinocéros
- La Cantatrice chauve

Jary
- Ubu roi

Jenni
- L'Art français de la guerre

Joffo
- Un sac de billes

Kafka
- La Métamorphose

Kerouac
- Sur la route

Kessel
- Le Lion

Larsson
- Millenium I. Les hommes qui n'aimaient pas les femmes

Le Clézio
- Mondo

Levi
- Si c'est un homme

Levy
- Et si c'était vrai...

Maalouf
- Léon l'Africain

Malraux
- La Condition humaine

Marivaux
- La Double Inconstance
- Le Jeu de l'amour et du hasard

Martinez
- Du domaine des murmures

Maupassant
- Boule de suif
- Le Horla
- Une vie

Mauriac
- Le Nœud de vipères

Mauriac
- Le Sagouin

Mérimée
- Tamango
- Colomba

Merle
- La mort est mon métier

Molière
- Le Misanthrope
- L'Avare
- Le Bourgeois gentilhomme

Montaigne
- Essais

Morpurgo
- Le Roi Arthur

Musset
- Lorenzaccio

Musso
- Que serais-je sans toi ?

Nothomb
- Stupeur et Tremblements

Orwell
- La Ferme des animaux
- 1984

Pagnol
- La Gloire de mon père

Pancol
- Les Yeux jaunes des crocodiles

Pascal
- Pensées

Pennac
- Au bonheur des ogres

Poe
- La Chute de la maison Usher

Proust
- Du côté de chez Swann

Queneau
- Zazie dans le métro

Quignard
- Tous les matins du monde

Rabelais
- Gargantua

Racine
- Andromaque
- Britannicus
- Phèdre

Rousseau
- Confessions

Rostand
- Cyrano de Bergerac

Rowling
- Harry Potter à l'école des sorciers

Saint-Exupéry
- Le Petit Prince
- Vol de nuit

Sartre
- Huis clos
- La Nausée
- Les Mouches

Schlink
- Le Liseur

Schmitt
- La Part de l'autre
- Oscar et la Dame rose

Sepulveda
- Le Vieux qui lisait des romans d'amour

Shakespeare
- Roméo et Juliette

Simenon
- Le Chien jaune

Steeman
- L'Assassin habite au 21

Steinbeck
- Des souris et des hommes

Stendhal
- Le Rouge et le Noir

Stevenson
- L'Île au trésor

Süskind
- Le Parfum

Tolstoï
- Anna Karénine

Tournier
- Vendredi ou la Vie sauvage

Toussaint
- Fuir

Uhlman
- L'Ami retrouvé

Verne
- Le Tour du monde en 80 jours
- Vingt mille lieues sous les mers
- Voyage au centre de la terre

Vian
- L'Écume des jours

Voltaire
- Candide

Wells
- La Guerre des mondes

Yourcenar
- Mémoires d'Hadrien

Zola
- Au bonheur des dames
- L'Assommoir
- Germinal

Zweig
- Le Joueur d'échecs

Et beaucoup d'autres sur lePetitLittéraire.fr

www.lepetitlitteraire.fr

ISBN version imprimée : 978-2-8062-1142-2
ISBN version numérique : 978-2-8062-1997-8
Dépôt légal : D/2013/12.603/227

18041399R00015

Printed in Great Britain
by Amazon